رواية

الرجل الأمريكي

آمر ريكا

د. جُمان الريحاني

إهداء

جمان الريحاني

أميرة الجزر البرمودية هي أميرة من الهنود الحمر، وتعيش على جزيرة عائمة في المحيط الأطلسي انفصلت هذه الجزيرة عن أميركا حتى قبل اكتشافها.

كانت الأميرة الجميلة **ريكا** أميرة الجزيرة الوحيدة والوحيدة المتبقية من نسل الملوك السابقين، السكان الأصليين للقارة الأمريكية.

كانت الأسطورة قول بأن الأميرة عندما تبلغ سن الزواج سوف لن يتأخر عن التقدم لخطبتها الغني والفقير، الملك والأمير، الأصيل والنبيل وغيره.

ولكن لا يجب إجبارها أبدا ومهما حصل بل يجب أن تختار بنفسها وبإرادتها الحرة.

كانت هناك اختبارات يجب على الجميع (جميع المتقدمين للخطبة) خوضها وسوف يسقط الكثيرون على مر الاختبارات.

وكانت الأسطورة تقول بأنه في حالة تم إجبارها أو حتى خداعها فإن الأميرة سوف تموت، ولكي يتم الحفاظ على أخر نسل الملوك تمت لعنة هذه الحقيقة المرّة، وتمّت السيطرة عليها بشكل مختلف من قبل سحرة القبيلة، لكي تتم إعادة إحياء الأميرة مرة أخرى.

ولكن بعد عدة سنوات من الانتظار سوف يجدون الأميرة في سريرها ذات صباح، دون أن يعلموا من أين جاءت، وكيف ولدت، وقد وضعوا جسدها تحت التراب وتكون الأميرة في حالة من فقدان الذاكرة فلا تتذكر كل ما مر بها من خطبة وحب وعلاقة مع أحد الخاطبين الذي خذلهم أو خدعهم فماتت بعد اكتشاف مكره.

كانت هذه هي حكاية الأميرة ريكا ولأن الحكماء والسحرة في القرية متخوفون من الجزء الثاني من الأسطورة، وخاصة بعد أن شارف عيد ميلاد الأميرة ريكا السابع عشر، وسوف تعلن كعروس جاهزة لتقدم الخاطبين لها.

كان الأمر محير ومخيف وكان على الجميع الحذر، الحذر في علاقات الأميرة والقلق الشديد من محيطها، فقد يتقدم إليها من يخدعها أو يكسر قلبها فتتحقق النبوءة وقد تموت الأميرة.

بالفعل تقدم لخطبتها كل ملك سمع بجمالها وكل من كان يعلم بأصلها النبيل وكونها أميرة الهنود الأخيرة، أما هي فقد كانت جميلة بغرورها الصغير ترفض هذا ولا يعجبها ذاك، وهي حرة في الاختيار ويجب أن تتزوج بإرادتها الحرة.

كان للأميرة أصدقاء منهم غزال صغيرة له علامة حمراء على رقبته، وهي تحبه كثيرا، وكان لها صديق طفل صغير سانوزا لا هو من عائلتها ولا خادم لها كان بين البينين.

أما الخادمات فقد كن دائما في تغيير لأن الحكماء كانوا يخافون من أن تتحقق النبوءة، وتتساءل عن تغير كل من كانوا حولها فكانوا حريصين على تجهيز وأخذ كل الاحتياطات إلا القليل منها.

لم يتعلق قلب الأميرة بأحد حتى بلغت التاسعة عشر من عمرها، فتقدم لها بعض الشبان الذين مروا بجزيرتهم مرور عابر السبيل، كانوا مجموعة من الجنود يحرسون سفينتين تجاريتين وقد أعجبوا بها.

تقدم كل الجنود لخطبتها مما جعل الحكماء يجرون لهم اختبارات من أجل تفوق أحدهم، كان من المباريات والاختبارات من أجل الفوز بالأميرة ريكا.

كان بين المتسابقين شخص اسمه اوكسفالدو، وقد كان الشباب قريبين من بعضهم من حيث القوة البدنية وتكوين الجسد والشكل الطول والوزن، لأنهم جنود وتم اختيارهم بعناية من أجل السهر على تلك التجارة والسفن، الخاصة

طوال لك الفترة حدثت حوادث كثيرة، وفي كل مرحلة من مراحل المسابقات التي أخذت أسابيع، كان يموت أحد المتباريين بطريقة مجهولة، لدرجة أنه بث الرعب في الجزيرة.

وفي الأخير لم يبق إلا اوكسفالدو الذي رغم أن الجميع شهد بقوته البدنية، وإصراره وشجاعته، وعدم خوفه من أي مخاطرة أو امتحان صعب كان لا يخاف أبدا، وبقي معه متسابق واحد.

بعد كل مسابقة وعند تأهل من تأهل يتم دعوة المتأهلين إلى مائدة العشاء مع الأميرة، لكي تتعرف على المتسابقين الناجحين أكثر فأكثر.

وفي آخر ليلة، وآخر سباق ومن دون أي إنذار أو تنبيه حدثت حادثة طبيعية، فتمّ تأجيل المسابقة إلى ليلة الغد، وما حدث تلك الليلة هو ظاهرة غريبة فقد غاب القمر وقد سمى ايتوبسوراتوس خسوف القمر.

حيث حلّ الظلام في تلك الليلة، مما جعل الجزيرة تعم بالظلام الكوني وهذا كان له سر، ففي تلك الليلة صعد الطفل سانوزا إلى قمّة جبل البركان الجبل الوحيد على تلك الجزيرة، رغم أن الصعود إليه كان محرما

وممنوعا، إلا خلال تقديم القرابين والتي لها مراسم كبير واحتفالات تدوم لأيام.

ولكن سانوزا قد صعد إلى الجبل ليس فقط بدافع الفضول، بل بعد أن شهد أمرا فضيعا، قد حصل لقد رأى بأن الشابان الوحيدان الباقيان في المسابقة قد تشاجرا ربما.

في البداية قد سمع صراخا ولم يفهم ما كان يحدث، ولكنه عندما اقترب من الخيمة واسترق النظر، رأى أمرا فضيعا يحصل، لقد كان الشاب متفاجئا لأن اوكسفالدو الذي كان معه في نفس الخيمة، قد طرأت عليه بعض التغييرات.

فجأة وقد تحول من شاب وسيم إلى رجل طاعن في السن، وبدا شريرا وشرسا، مما استدعى من الشاب الآخر الخوف والصراخ من أجل طلب المساعدة، ولكن ذلك الرجل أو اوكسفالدو قد أطبق على أنفاسه وقتله، ثم توجه مسرعا إلى قمة الجبل.

شهد سانوزا كلما حدث، ولكنه لم يجد الوقت من أجل التبليغ عن الحادثة بل تبع اوكسفالدو لكي يرى ما سيفعله.

صعد اوكسفالدو إلى قمة الجبل، لكي يطلب المساعدة من القوى الخارقة هناك وقدم وعودا بتقديم قربان، والذي كان نصف ثروة الجزيرة من ذهب وكنوز تركها الأولون من أجداد الأميرة، وذلك بعد أن يتزوجها.

كما أنه وعد بأن ذلك القربان الذي قدمه لم يكن كافيا، وأن القربان الأقرب للقوى الخارقة هو الدماء، لذا فهو مستعد لتقديم الأميرة ولكن بعد حفل الزفاف ليزفها إلى البركان بدلا من الزواج بها.

سمع سانوزا كل شيء وعندما تراجع خطوتين إلى الوراء، لكي يعود ويخبر كل من بالقرية شعر به الساحر اوكسفالدو، لم يكن اوكسفالدو شابا ولا جنديا ولا حارسا لسفن الجارة، بل كان ساحرا مشعوذا، سمع

عن الجزيرة وكنوزها والأميرة، فعرف بأن الوصول
إلى الكنز سيكون عن طريق الأميرة.

اكتشف الساحر اوكسفالدو بأن أحدا يراقبه وبفعل قواه السحرية، عرف بأنه ذلك الطفل الذي كان دائما يرافق الأميرة فطارده بعد أن منح القوى الجديدة، وتمكن من أن يخفي شكله كرجل طاعن، وأصبح يظهر كشاب مثلما عرفه الجميع.

وقد كان يستطيع الطيران وهذا ما جعله يطارد الطفل بشراسة، ولكن الطفل كان لبيبًا، ويعرف كل مداخل ومخارج الجبل والغابة.

كان اوكسفالدو يطارد الطفل، ويرمي عليه كرات من اللهب لكي يقتله، ولكنها لم تأتي بصفة مباشرة على

الطفل، رغم أنها أصابت ما حوله، حتى أن بعض تلك الكرات، قد أصابته بجراح تبدو للرائي بأنها سطحية، ولكن رغم ذلك كانت المطاردة شرسة ولكن الطفل كان يجري فقط لكي يصل إلى القرية، ويخبر الأميرة بما رأى، وما حدث.

استمرت المطاردة على طول الغابة حتى وصل الطفل إلى حدود القرية، حيث كان هناك بعض الرعاة فصرخ بأعلى صوته طلبا للمساعدة، في تلك اللحظة، اختبأ الساحر لأنه لم يكن يريد أن يفضح أمره.

حمل الرعاة الطفل إلى القرية وكان بينهم طفل أعرج، ولكنه لم يكن في الحقيقة إلا الساحر الذي تنكر بهذه الهيئة، ولكن الطفل سانوزا قد فضح أمره، لأنه كان يعرف القلادة التي دائما ما كان يلبسها الساحر، وعندما بلغ عنه هرب الطفل الأعرج جاريا، حتى اختفى عن الأنظار، ولكنه دس أفعى في ثياب الطفل ساروزا.

اعتقد الساحر بأن تلك الأفعى سوف تخلصه من الطفل، وربما لن يفضح أمره فجلس على شجرة عالية، وراح يسترق النظر والسمع من بعيد.

سمع الساحر كلما ما نطق به الطفل الذي فضح أمر الساحر، وهو يلفظ أنفاسه أمام كل أهل القرية والحكماء حتى وصلت الأميرة التي فجعت بأن الطفل كانت جراحه مميتة، وقد لدغته الأفعى وتبخرت بعد أن لاحظها أحد الأطفال، ولكن علاج السم لم ينفع، ولا حتى علاج جراح نفع، وهذا ما كانت نتيجته أن مات الطفل بعد أن أخبر الجميع بحقيقة الساحر.

فجعت الأميرة لكل ما سمعته فالشاب الذي كانت ستتزوج به، اكتشفت بأنّه مخادع وساحر وليس كما ظهر لهم والطفل الذي كانت تحبه كثيرا، والذي كان يرافقها دائما مات.

وقعت الأميرة على الأرض فأخذتها الجواري إلى خيمتها وأعلنت حالة الطوارئ فخرج كل الجنود بحثا عن الساحر، ولكن الساحر بعد أن سمع كلما حصل

اتجه نحو الشاطئ، لأنه كان المخرج الوحيد أمامه للهرب من الجزيرة، فهو لا يستطيع الطيران إلا لمسافات قصيرة.. طيرانه أشبه بالقفز الطويل أكثر من التحليق بالجو عاليا في السماء.

لحق بالساحر كل الجنود العساكر منهم وحماة الجزيرة من سحرة وطيارين، بينما اجتمع كبار الحكماء والسحرة العظام من أجل إيقافه والحلول بينه وبين الهرب، كان هدفهم القضاء عليه ومعاقبته على خداعهم جميعا، وخداع الأميرة التي لا يعرفون ما سيحل بها.

كان الأمر الأكثر أهمية وذا أولية، هو قتل الساحر ثم النظر في حالة الأميرة ومصيرها.

وهكذا عندما وصل الساحر إلى الشاطر ولم يعد أمامه إلا البحر، ولكن ذلك الساحر كان يتحدى كل القوى الطبيعية، وكيف أنه كان بإمكانه أن غير شكله من رجل كبير في السن بشاربين رقيقين طويلين حوالي الخمسون سنتيمتر، وعيون ضيقة، وشعر أسود، وقامة

معتدلة، وعمره حوالي ستة وخمسون سنة إلى شاب قوي البنية، ضخم بالنسبة للبنية الحقيقية، أشقر، وعيونه زرقاء، وله عضلات، طويل القامة بدون شوارب عمره لا يتجاوز العشرون سنة إلا بعام أو عامين.

لم يكن البحر أمرا مخيفا بالنسبة للساحر، ولا كان ليعيق طريقه رغم أنه جاء من الجانب الذي لا سفن فيه.

كان الحكماء والسحرة على تواصل مع بعض الجنود، أو بالأحرى الحماة، والذين هم تلاميذ السحرة عن طريق التخاطر، فعرفوا بأن الطريق المسدود أمام الساحر يعتبر طريق مفتوح، وأنه بالتالي يريد القفز في المياه بكل تأكيد.

ولأن الساحر كان قد خدع الحكماء وكبار سحرة القرية، وجعلهم يبدون ضعفاء واستهزأ بقواهم، فهو يكون بفعلته التي فعلها القدوم بكل وقاحة، متنكرا إلى الجزيرة تحداهم وقريبا هزمهم وهزم ذكاءهم، وفطنتهم، وسحرهم، وهذا ما جعل السحرة ينوون الانتقام.

قام السحرة والحكماء بإلقاء تعويذة، وإلقاءها بكل سرعة على المياه في نفس اللحظة التي قفز فيها الساحر في الماء.

اعتقد أهل القرية الذين كانوا في ترقب شديد كلهم عيونهم على ما يحدث وينتظرون انتصار حكماءهم على الساحر، وما هي إلا بعض ثواني معدودات حتى تجمدت مياه البحر.

لم تتجمد كل مياه المحط بل فقط الجزء الذي قفز فيه الساحر، ولكن كمية كبيرة جدا من المياه احترازا وحرصا على أن لا يفلت منهم، فغطت التعويذة مساحة كبيرة من المياه.

وبعد مرور العشرة دقائق وقف كبير الحكماء عاليًا في الهواء، وهو يقول بعض التعويذات، وفتح يديه فعادت مياه البحر إلى طبيعتها، تفاجأ سكان القرية يما حدث لقد صعدت إلى السطح الكثير من الأسماك، والحيوانات البرية النافقة، والتي ماتت جراء تجمد المياه.

كان الجميع في ترقب لرؤية ما إذا كان الساحر قد مات أو هرب، وما هي إلى لحظات حتى صعد إلى السطح شيء ما.

لم يكن ما قد صعد للسطح جثة الساحر، بل كانت سمكة كبيرة من نوع الشبوط طولها يقارب المترين كبيرة الحجم ولها شوارب رقيقة وطويلة، كانت حقا تشبه الساحر لدرجة أن الجميع عرف بأنه هذا هو الساحر، وقد غير شكله إلى سمكة لكي يستطيع أن يلوذ بالفرار.

أعلن كبير الحكماء موت الساحر والتخلص من المشكلة، وحان الوقت لكي يوجهوا الأنظار إلى الأميرة، التي لم يكن لديهم أمل كبير في إنقاذها بعد كلّما حصل معها.

كان الجميع يعتقد بأن النبوءة سوف تتحقق بالجزء الثاني أكثر من جزءها الثاني، هذا فيما يخص أهل الجزيرة أما بالنسبة للحكماء، فقد كانوا يؤمنون بأساطير الأوّلين ويعلمون بأن ما قاله السابقون يحدث مهما يكن.

لقد كانت الأميرة ريكا هي الأخيرة من سلسلتها ذات الدم المبارك، ولا يمكن أن يحكم هذه الجزيرة إلا هي أو شخص من دمها أي ابنها أو ابنتها، وهذا كان أملهم بأن تستطيع الزواج والإنجاب لكي يستمر نسلها وتستمر الحياة على الجزيرة، وقد كان هناك جزء صغير من النبوءة لا يعلمه إلا كبار الحكماء والذي لو كان ذاع وشاع في سكان الجزيرة لأدى إلى فوضى أوالى النزوح والهجرة، والهرب من الجزيرة.

الجزء الذي كان سرا عن الجميع هو أنه كانت تقول النبوءة في جزءها الأخير، بأنه إذا لم تستيقظ الأميرة بعد فترة من الزمن فانه سوف تحل لعنة على الجزيرة، وسوف تغرق الجزيرة بكل من عليها.

كان الحكماء والعلماء والسحرة يعلمون الزمن الذي يستغرقه جسد الأميرة للنهوض من جديد، ولكن هذه المعلومات لم تكن متاحة للعامة، وكانوا هم من تبقى الجزيرة في عهدتهم مع تبجيل الأميرة، وتحيتها كل صباح، وإقامة الأعياد والمناسبات كما في الماضي،

ويقدمون لها التضحيات والقرابين أمام كرسي عرشها، الذي يبقى خاليا حتى تنهض من نومها.

لقد كانوا يطلقون على الفترة التي تفصل بين موت الأميرة وإعادة بعثها (نوم الأميرة)، أو الأميرة في فترة (السُّبات الملكي).

عندما عاد الحكماء بعد القضاء على الساحر إلى أرض الواقع، وتوجهوا بكل تركيزهم وطاقتهم إلى الأميرة ووضعها السيئ.

أخبرهم الطبيب بأن نبضها ضعيف جدا، وبأنّها من الممكن جدا أن تفارق الحياة.

تم تقديم العلاجات لها ولكنها لم تكن تستجيب أبدا، وبعد مرور أيام والأميرة بين الموت والحياة نائمة لا تستفيق من نومها، وبعد سبعة أيّام بالتحديد، وفي صبيحة اليوم الثامن استيقظ الجميع على نبأ فجع القرية لقد ماتت الأميرة، في صباح ذلك اليوم.. انتبهت

الخادمة بأن الأميرة لا تتنفس، وأن قلبها توقف وعندما زارها الطبيب أكّد الأمر.

حزن جميع سكان الجزيرة على فقدان أميرتهم الغالية التي ماتت لأن قلبها كُسر، فقد كانت قد أعجبت بالساحر عندما كان شابا وهذا ما جعل قلبها ينكسر حين اكتشفت أنه لم يكن شخصا حقيقيا، بل كان مخادعا مزورا ساحرا ورجلا شريرا،

لقد كانت الأميرة في قرارة نفسها تتمنى أن يفوز ذلك الشاب أوكسفالدو في السابقة لكي تتزوج به، ولكنها تفاجأت بالحقيقة التي ظهرت، كما أنها فجعت لفقدان صديقها ذلك الطفل الذي قتله الساحر.

وبعد مرور سبعة سنوات والجزيرة على ذلك الحال والجميع يقوم بما عليه من واجبات، وكل شخص يحافظ على دوره ويقوم به بكل جدية، فقد كانوا يحافظون على العادات والتقاليد التي وجدوا آباءهم وأجدادهم عليها.

بعد كل تلك السنوات التي حريص فيها الحكماء على حسن سير الحال، وكل بداية أسبوع حين يقومون بطقوس القداس الأسبوعي كانوا يتكلمون عن الأميرة

وعن احتمال عودتها في أية لحظة وبدون أن يتوقع أيّ أحد التوقيت بالتدقيق.

كل الحكماء حريصون على أن يفهم كل أهل الجزيرة بأن الأميرة في الحقيقة هي لم تمت بل مازالت موجودة معهم ويجب إحرام هذه الحقيقة، يمكن لهم (أهل الجزيرة) أن يعتبروها في رحلة أو من الأفضل أن يعتبروها نائمة وسوف تستيقظ في أيّة لحظة.

وهكذا ورغم مرور السنوات إلا أن أهل الجزية قد تشربوا هذه الحقيقة وواصلوا حياتهم، وكأن الأميرة بينهم، وكانت كل قرارات الجزيرة والسكان وما يخص الحكم تعود الكلمة فيه لمجلس الشورى من كبار القرية، والمسئولين عن القوانين.

وبعد سبع سنوات وفي ليلة كانت ظلماء لا نور فيها ولا ضوء قمر ولا نجمة مضيئة في السماء، كانت تلك الليلة حالكة الظلام، لم تشهد الجزيرة ليلة مثلها على مر السنوات الماضية، في تلك الليلة حلّ خوف ورعب في قلوب أهل الجزيرة، فخلد الأطفال إلى النوم باكرا.

وأمر الحكماء الجميع بالدخول إلى خيامهم، وعدم الخرج حتى سحل الصباح.

كان الحكماء يشعرون بطاقة قوية في كل الجزيرة، وكانوا يتوقعون حدوث أمر ما، ولكنهم لم يجزموا ما هو الأمر وارد الحدوث.

كانت هناك جارية اسمها كنز والتي كان مسئولة عن خيمة الأميرة وكل ما فيها، كانت تنظفها وترتبها وتسهر على حماية الثياب والمجوهرات، وتحافظ على لمعانها وبريقها، كانت تنظف خيمة الأميرة كل صباح وتعطرها.

وما حدث كان أميرا غريبا، فعندما دخلت الجارية كنز إلى الخيمة، تفاجأت بالأميرة تنام بكل هدوء في سريرها، كان منظر الأميرة مذهلا فكأنها كلاك نائمة في سريرها بهدوء وسلام.

تراجعت الجارية كنز بكل هدوء لكي لا تحدث أي ضجة فتوقظ الأميرة.

خرجت الجارية كنز وتوجهت إلى خيمة المشورة حيث أخبرت الحكماء بأن الأميرة قد عادت، وأنها نائمة في سريرها.

كان للأميرة عادات كثيرة منها أنها أول أيّام الأسبوع تنهض متأخرا على عكس الأيام الأخرى، وهذا ما أتاح للحكماء الفرصة من أجل اجتماع طارئ مع سكان الجزيرة حيث تم إقرار بعض القوانين وتم إعلان بعض التعديلات والإعلان عن بعض التوجيهات فيما يخص حفل الترحيب بالأميرة.

تحققت الأسطورة وصدقت النبوءة وعادت الأميرة ريكا التي كانت تبلغ سبعة عشر سنة، أقيمت الاحتفالات لاستقبالها فيما تقرر بأنه سوف يقال للأميرة ريكا بأن المناسبة هي عيد ميلادها السابع عشر كما قالت الأسطورة.

استيقظت الأميرة ريكا الجميلة بكل نشاط وحيوية وهي تتابع حياتها بصفة عادية، وكأنها لم تغب لمدة سبع سنوات، وكأنها لم تمت ولم يتم دفنها تحت الأرض.

أخذت حماما كعادتها كل صباح بحليب جوز الهند، وارتدت أبهى الذهاب، وأجمل الحلي بمناسبة عيد ميلادها، وقام أهل الجزيرة بكافة التجهيزات من أجل الحفل الضخم، والاحتفال بعودها الميمونة.

كانت الأميرة ريكا متألقة جدا، ولها لمعة في عيونها كأنها بريق ذهب أو لمعان ألماس.

مرّ اليوم بشكل عادي ولم يخطئ أي أحد لأن الأمر لم يكن تمثيلا لأن أهل القرية كانوا واعيين بما سيحدث مع الأميرة حتى قبل حدوثه، فالأسطورة لم تكن سرّا إلا بعض تفاصيلها التي احتفظ بها الحكماء لأنفسهم.

احتفل الجميع بعيد ميلاد الأميرة السابع عشر، ولم تشعر الأميرة بأي شيء غريب وكانت تتصرف على طبيعتها، ومرّ اليوم بشكل جميل وهادئ.

كانت الأميرة قد حصلت على الطفل سانوزا بعد عيد ميلادها السابع عشر السابق، لذا فإنه لم يكن من الغريب اختفاؤه عن الأنظار.

بعد ذلك طرحت الأميرة بعض الأسئلة التي كانت تجعلها تتساءل وتشعر بالحيرة، كزواج البعض وإنجاب البعض لأطفال من كل الموجودين حولها وهذا ما جعل الحكماء يقومون بإلقاء تعويذة عليها، لكي لا تعير هذه الأمور أهمية، وحتى لو تطرح سؤالا فإنها لن تهتم بالإجابة عند سماعها.

وهكذا مر الأمر على ما يرام وتأقلم الجميع مع الأمر، ومع الحياة الجديدة رغم أن الحياة لم تختلف كثيرا، وهذا ما كان الحكماء حريصين عليه طوال فترة غياب الأميرة.

لم يكن رجوع الأميرة أمرا محتما، ولكن بعد أن تحققت النبوءة فقد كان من الواجب على الحكماء الاجتماع والتشاور في الأمر وفي أساليب الحماية.

فقرر الحكماء أخذ الحيطة والحذر من أجل حماية الأميرة هذه المرة، ولكي لا يتحقق الجانب السيئ من الأسطورة مرة أخرى فلو وقعت الأميرة في مخادع آخر سوف تموت لا محالة، وليس من المضمون أنها سوف تعود فقط بعد سبع سنوات، ربما يستغرقها الأمر أقل أو أكثر من ذلك فلا أحد يعلم.

بعد التشاور خرج الحكماء ببعض الشروط من أجل زواج الأميرة، التي أصبحت في سن الزواج، فجلسوا معها في اجتماع خاص وطلبوا من الأميرة التفكير ثم الإجابة على أسئلتهم.

كان من ضمن الأسئلة ما يلي:

أولا:

هل تريدين الزواج زواجا مدبرا وزوجا يختاره لك كبار الحكماء، أم تريدين زوجا من اختيارك أنت؟

وكان الجواب أو الأميرة تريد أن تتزوج شخصا تحبه ولطالما كانت تحلم بذلك.

كانت هناك بعض الأسئلة التي كان الحكماء يعلمون إجاباتها مسبقا، ولكنهم أعادوا طرحها على الأميرة مرّة أخرى، فالأميرة لا تتذكر الفترة التي سبقت إعلانها عروسا في انتظار الخاطبين.

وكان السؤال الثاني:

هل ستختارين من القرية أم تريدين شخصا أجنبيا عنا؟

في الحقيقة لم يكن في القرية شاب من مقام الأميرة، ولكن الحب يغير كل المفاهيم، وإن أحبت الأميرة شابا فلا يهم وضعه الاجتماعي أو أصله وفصله أو حتى ثروته.

رغم كل المحاولات من الحكماء والسحرة وكبار الشيوخ في الجزيرة، ورغم الكلام والنصح والطلب، إلا أن الأميرة كانت مازالت على رأيها كما في المرة الأولى.

لقد كان للأميرة طموح برجل معين، لم تكن تعرفه حق المعرفة ولكنها كانت تحلم به، إنه رجل كان أمير أحلامها، وكانت تريده أن يصبح أميرة حياتها وواقعها.

فارس أحلام الأميرة كان شابا في مقتبل العمر

شاب وسيم

شاب قوية البنية، وله عضلات

شاب قوي، فارس ومصارع، ولا يتغلب عليه أحد في أي نزال..

شاب محارب

شاب ذكي ولبيب

شاب متفهم وعاقل، ويجيد الحوار

شاب كريم وحنون

شاب سوف تعرفه حين تراه

شاب يستطيع أن يجعل قلبها يدرك الحب

شاب له قلب كبير، فيعطيها قلبه ليصبح ملكها

شاب يعرف قيمة المرأة التي يحب فيقدرها ويحترما

شاب تستطيع الاعتماد عليه، فيقف بجانبها ويحكم معها الجزيرة.

شاب يناسب المكانة التي سوف يحتلها في قلبها وحياتها، والى جانبها على كرسي العرش.

شاب سوف يعتبر الجزيرة جزيرته، وأهل الجزيرة أهله.

بالإضافة إلى كل هذه الصفات، كانت هناك صفات خاصة تحلم بها الأميرة منها:

أن يكون الشاب طويل القامة

أبيض البشرة

له عيون زرقاء

وشعره أشقر يلمع كالذهب تحت الشمس.

على مر السنين كان يتقدم للأميرة الخاطبين من كل أقطار العالم، ومن كل أنحاء الكرة الأرضية، كان لكل خاطب حلم يريد تحقيقه بالزواج بالأميرة أولا لأنها

أميرة، وثانيا لأن جمالها قد وصل إلى أسماع الجميع،
وثالثا لأنها تحكم جزيرة بأكملها، ورابعا لأن الجزيرة
ثرية جدا وغنية بالثروات.

إلا أن الأميرة كانت تعلم جيّدا بأن فارس أحلامها
سوف يأتي من الشمال أو من الشمال الشرقي، ولا
يمكن أن يأتي من أي اتجاه آخر، لقد كان إيمان الأميرة
بهذا الأمر قويا جدا، لأنها كلما اتجهت إلى الشمال أو
الشمال الشرقي شعرت بالحب.

لم يكن أحد يستطيع نقاش الأميرة، ولا تغيير رأيها
لأنها في الأول والأخير كانت أميرتهم، والملكة التي
ستتوج يوم زواجها ملكة الجزيرة وحاكمتها.

كان الجميع مستغربا من كلام الأميرة وشعورها فلم
تكن هناك بلاد في ذلك الاتجاه، ولكن طبعا مع الأميرة
لا نقاش، أما بالنسبة للأميرة فقد كان لديها يقين
بوصول ذلك الفارس إلى جزيرتها يوما، ولن تفكر في
غيره فهو الرجل المميز ولا مثيل له بكل العالم.

وبعد مرور بعض الوقت حوالي الستة أشهر حتى جاء للأميرة متقدمون لخطبتها، وقد كان قد تقدم لها الكثيرون طوال كل تلك السنوات التي لم تكن موجودة فيها ولكن لا أحد كان يعلم بأمر موتها، بل كان يتقدم الخاطب بكل احترام ويتم الرد عليه بالرفض بدون مبررات.

وكان هذا المتقدم من أجل الخطبة هذه المرة، هو أول شخص بعد عودة الأميرة، فكان من الممكن له أن يراها.

لقد انبهر الخاطب بجمال الأميرة ذات الشعر الأحمر الطويل والعيون الفاتحة كأنها عسل التوبليو بلونه البني الفاتح ولمعانه الذهبي، للأميرة بشرة سمراء قليلا ولكن لون بشرتها كان الأفتح في كل الجزيرة، ولم يكن للون بشرتها في كل الجزيرة مثيل.

انبهر الخاطب بجمال الأميرة، وعند رفضه لم يكن منزعجا بل كان مفتونا بجمال الأميرة المبهر وقد سار في أطراف العالم، وهو يتكلم عن تلك الأميرة ويصف فتنتها وجمالها الخلاب، وجمال الجزيرة ومناظرها الطبيعية.

لم يكن ذلك المتقدم يتميز بشيء من المواصفات التي وضعتها الأميرة في قائمة صفات فارس أحلامها، ولكن ذلك لم يمنعه من التقدم لطلب يدها للزواج.

وبعد مرور شهور عديدة والخاطبون لا يتوانون عن القدوم وإحضار الهدايا، والتسابق لطلب يد الأميرة للزواج.

كان الحكماء يشعرون ببعض القلق، لأنهم حقا كانوا يريدون أن يتخلصوا من مشكلة الأميرة، والتي سوف تقع لها عندما تقع الأميرة في الشخص الخطأ.

كان الحكماء يتمنون في كل مرة أن يصدف الأمر ويتقدم شاب نبيل توافق عليه الأميرة لكي تبطل اللعنة ويتغير مسار الأسطورة، أو بالأحرى أن تتحقق بجانبها الجيد فتتغلب الجزيرة على ذلك المشكل لكي يحافظوا على نسل ملوك جزيرتهم، ولكي تعيش الأميرة حياة طبيعية سعيدة.

بعد أن أذيع في أقطار العالم عن جمال الأميرة وثراء جزيرتها، أصبح عدد الخاطبين أكثر بكثير لأنه وخلال كل السنوات السبع لم يتمكن أحد من رؤيتها، لذا كان بين الحين والحين، يأتي أحد ويتم رفضه حتى دون أن يراها.

وفي يوم عيد ميلاد الأميرة الثامن عشر حلّت عاصفة مما أدت إلى تأجيل الحفلة حتى تنتهي العاصفة، لقد كان البحر هائجا والجو باردا وماطر.

لم يكن يحث هكذا بالعادة لأن الأميرة كانت مباركة، ومن الطبيعي أن يكون يوم ميلادها يشبه يوم ولادتها، الذي كان يوما مشمسا ربيعيا.

استغرب الجميع حالة الجو، لأنهم كانوا يقومون بالتجهيزات للاحتفالات منذ أسابيع، ولأن الوضع كان غريبا بعض الشيء، وهذا ما جعل الحكماء يشعرون ببعض القلق.

قلق الحكماء كان منبعه التغير الجذري في الجو وهذا أمر لم يحدث على مر كل تلك السنوات التي مضت، وكان تخوفهم من أن يكون هذا نوع من الإنذار والتحذير لحدوث أمر قد يكون جيدا، أو ربما سيء جدا.

قلق الحكماء ولكنهم كانوا يتفاءلون بالخير لكي لا يكونوا سوداويين ولكي لا يبثون الرعب بين الناس.

دخل الناس إلى بيوتهم لكي يحتموا من العاصفة، وخلد الأطفال للنوم باكرا، رغم أنه في العادة كان أهل الجزيرة يبقون مستيقظين يحتفلون بعيد الأميرة حتى صباح اليوم التالي.

مرّ الأمر بسلام ..

تقريبا..، فلم تكن هناك خسارة للأرواح

ولم يحدث الضرر الكبير بسبب العاصفة، فقط سقوط بعض الأشجار وتهدم بعض الأماكن التي كان يعتبرها أهل القرية مقدسة.

أو أنها آثار قام السابقون من أجدادهم بتجسيدها وبناءها.

لقد اعتقد البعض بأن ذلك قد كان مؤشرا سوداويا وربما يدل على وقوع مكروه ما، وربما في القريب.

لقد كانوا يؤمنون برسائل السماء ورسائل الظروف الطبيعية، كما كانت لدهم اعتقادات بأن أرواح أجدادهم تكلمهم عبر الطبيعة وتوصل إليهم الرسائل بتلك الطرق التي قد لا يفهمها جيدا إلا الحكماء.

ولكنهم كانوا يقدرونها ويحاولن دراستها، لكي يتوقعوا ما هي الأمور التي سوف تحدث من أجل تفاديهم أو الحرص على أن لا تكون العواقب وخيمة.

ولكن الحكماء قد طمئنوا الناس وأخبروهم بأنه الليلة سوف تقام الاحتفالات بمناسبة عيد ميلاد الأميرة ريكا الثامن عشر، وذلك بعد أن يقوم الجميع بالتعاون لأجل تنظيف الجزيرة، وتصليح ما خربته العاصفة.

وبينما كان الجميع منهمك بالتصليحات والتجهيزات، حتى رأى المسئولون عن حراسة الشاطئ باخرتين تتجهان باتجاه الجزيرة.

رغم أن الجزيرة بعيدة عن أي منطقة مأهولة أخرى، إلا أنها كانت مقصدا لكثير من السفن من أجل التجارة وتبادل السلع، التي لم تكن ضرورية بالنسبة لأهل

الجزيرة، ولكن الأحجار الكريمة والذهب كانت مطمع التجار.

كان أهل الجزيرة يرحبون بكل من تطأ قدماه الجزيرة على اختلاف الثقافات واللغات، ولكن هذه المرة كانت السفينتين مجهولتين بالنسبة للجزيرة، لأن اللافتة التي كانت تعلقها الجزيرة كانت غير مفهومة بالنسبة لأهل الجزيرة، وهذا يعني أنهم زوار لأول مرة يزورون الجزيرة.

استقبل أهل الجزيرة الزوار الذين كانوا عابري سبيل، ولم تكن رحلتهم للجزيرة مبرمجة في رحلتهم بل كان مرورهم محض صدفة.

لقد تقدمهم شاب وسيم قوي البنية طويل القمة جذاب وجميل الوجه، وقال لهم بأنهم اضطروا للتوقف هنا للكنهم لم يكونوا يعلمون بوجود جزيرة هنا في هذا المكان، ولكن معهم رجل طاعن في السن وقد تعب كثيرا، ويريدون المساعدة منهم لأن حالته سيئة جدا.

رحب الحكماء بالشاب الوسيم، وقدموا لهم المساعدة بكل رحب وسعة.

لقد كان الشاب متأثرا كثيرا بحالة ذلك الرجل الذي تبين فيما بعد بأنه والده، والشخص الوحيد المتبقي من أسرته، لقد كان يبدو عليه الحزن الشديد واليأس، ولكنه كان يحمل في قلبه أمنية ويريد بقوة أن تتحقق.

الأمنية كانت أن يجد العلاج لوالده وقد كانت تقريبا تلك آخر محاولة له، فقد لجا إلى الكثير من الطرق وربما قد يخسر والده في أية لحظة.

لقد كان الشاب الصالح يحب والده حبا جما، ولا يستطيع أن يتخيل فقدانه لذا كان يتعلق في أي أمل قد يوصله إلى النجاة بوالده.

بعد أن تم تقديم المساعدة لذلك الرجل أخبره الحكماء بأنه يجب عليه الراحة، وأن السفر يعتبر خطر عليه، وينصحون بأن يبقوا عندهم في الجزيرة مدة من الزمن (مدة غير محددة وغير معلومة) حتى يتحسن والده.

كان أمام السفينتين رحلة طويلة، ولكن الشاب آمر لم يكن في استطاعته المجازفة بحياة والده، فأخبر طاقم السفينتين بأنه سوف يظل مع والده حتى تتحسن حالته وعليهم مواصلة رحلتهم، والعودة لاصطحابهما في طريق عودتهم.

لكن الحكماء قد شددوا على طاقم السفينتين من أجل البقاء، للمشاركة في الاحتفالات المقامة هذه الليلة والراحة بعض الشيء.

في المساء..، حان وقت الاحتفال وعندما خرجت الأميرة ريكا على الجمع الغفير، حتى تفاجأ الشاب آمر

برؤيتها، لقد كانت خلابة فعلا وجذابة ولكن هذا لم يكن هذا هو السبب الذي جعل الشاب يؤخذ بها ويعشق جمالها ووجودها، وقد لاحظ الجميع ذهوله بالأميرة ريكا.

السرّ وراء انبهار الشاب بالأميرة ريكا هو أمر عجيب، لقد كانت تشبه والدته المتوفاة والتي كانت وحيدة أهلها، ولم يكن لها أخوات، ولكنها يمكن أن تكون من عائلتها أو ما شابه.

لقد كانت تشبهها بشكل غير طبيعي، والفرق الوحيد بينهما هو أن الأميرة والتي كانت الأفتح بشرة في كل الجزيرة، كانت تبدو سمراء مقارنة بوالدته التي كانت تعتبر الأكثر سمرة في كل عائلتها حتى أن الجميع كان يشك في أنها متبناة ولكن لا أحد كان يعلم الحقيقة.

كانت هناك أسطورة تقول بأن الشاب المحظوظ هو من يجد عروسا تشبه والدته، وإن كانت والدته متوفاة فكونه يجد عروسا تشبهها هذه إشارة بأن تلك الفتاة هي الأنسب له، وزواجه بها يعتبر مباركا من السموات.

وهناك ما يقال في الأسطورة أيضا، بأن روح والدته سوف تحرسه وتجعل زواجه سعيدا كل حياته.

عندما أخبرهم الشاب بما يحدث معه انبسط الجميع وقالوا له ما تقول الأسطورة، وكان هناك جانب آخر في الأسطورة يقول بأن الفتاة التي ترفض شابا لا عيب فيه.

ويكون قد أقسم على أنها لها مواصفات تطابق مواصفات والدته، (فهو يعتبر الزوج المثالي لها لأنه سوف يحترمها ويقدرها ويطيعها ويعاملها مثل والدته من ناحية الاحترام والتبجيل)

سوف لن تجد زوجا مناسبا بعده إلا إن كان رفضها لأسباب منطقية أو أمور مصيرية أو أنها ترى مانعا يجعل الزواج به مستحيلا، كأن يكون فيه عيب واضح أو مجنون أو له زوجة أخرى أو غير ذلك من السباب التي كانت كثيرة.

لم يكن الشاب آمر ينتظر أسطورة فقد قرر التقدم
للأميرة من أجل الزواج، وقد أحبها منذ اللحظة الأولى
التي وقعت عيناه عليها، وقرر التقدم مهما كانت
العواقب وقرر أن يبدي إعجابه بها، وأن يخبرها بأن
أحبها من النظرة الأولى ولا يتخيل حياته بدونها.

كان الشاب واثقا مما يشعر به، وكان يعلم بأن الرجل تزيد مكانته عندما يعرب عن إعجابه بفتاة ما حتى لو كانت أميرة، وأن كونه يشعر بالحب فهذا أمر لا عيب فيه وعلى الفتاة القبول أو الرفض.

وهذا لا ينقص من قيمته، فإن هي وافقت حظيت برجل يحبها وإن رفضت فذلك يعود إلى رأيها فيه وربما هي ترى بأنه لا يناسبها من إحدى النواحي، وهذا قد يعود إلى اختلاف وجهات النظر واختلاف القناعات والعادات والتقاليد.

لم تر الأميرة ريكا الشباب إلا عندما تقدم إليها أحد الحكماء، وأخبرها بالأمر وأمر الشبه الذي بينها وبين والدته، ولكن الأمر جعلها تضحك ولم تعر الأمر أهمية، لأنها كانت متكبرة بعض الشيء فقالت بكل سخرية:

فليخضع لامتحانات الصدق في جبل أوكالبتوس جبل الكافور، وهو جبل صغير مقارنة بجبل البركان العظيم، ولكن هذا الجبل (جبل الكافور) لا يظهر للعيان، لذا يعتبر جبل البركان العظيم هو الجبل الوحيد في الجزيرة.

أما بالنسبة لجبل الكافور فهو يقع في سهل عميق ويحيط به نهر من كل الجوانب، وتعيش في النهر حيوانات برمائية متوحشة وسحالي وأفاعي.

الخطر الكبير كان في عبور النهر الذي لم يكن عميقا ولكنه كان خطيرا.

أما الجبل في حد ذاته فق كان جبلا عطريا رائعا يشع باللون الأخضر، وفيه من السحر ما يجعله يحقق الأماني الصادقة ويبارك أصحاب القلوب الطاهرة والنقية، وعند المغادرة فإن الأخطار والأهوال لا تصادف الصادق بينما سوف يثور النهر، وما يسكنه في وجه الكاذب.

أما الاختبار الثاني..، فقد كان أن يدخل الشاب آمر كهف الماضي لعله أن كان صادقا يخرج منه حيا.

بالنسبة لكهف الماضي الذي يقع داخل سبعة كهوف، وبين كل كهف وكهف جسر لا يعلم ما الذي تحته لأنه من شدة العمق، لا يمكن أن يعرف من ينظر إلى الأسفل، ما قد يوجد هناك إلا أنه يشعر بتيار هوائي منبعث من الأسفل باتجاه الأعلى وأحيانا يشتد التيار، وأحيانا يهدأ على حسب ما يحمله في داخله من يعبر الجسور.

أما الكهف الأعمق منها جميعها، وهو آخر كهف فهو كهف الماضي، يدخل هذا الكهف الكثيرون ولا يخرج منه الكثيرون.

الكهف يتغذى على الماضي للأشخاص الذين يزورونه، يسجن هذا الكهف بداخله الكاذبين عندما يعلم بأن ماضيهم لا يتوافق مع ما يدعونه، ويسجنهم في الماضي ولكن بداخله فالكاذب لا يغادره أبدا، وعلى العكس تماما من يجتاز الامتحان بصدق، فإنه يجد نفسه خارج الكهوف (أمام بوابة الدخول) سليما معافى.

لقد كان إلزاميا على الأميرة التي كانت تقول أسطورة الجزيرة، بأنه لا يجب إرغامها على الزواج من أي أحد كان أن توافق على الشاب إن كان صادقا، لذا هي وضعت له هذه الاختبارات دون أن تراها لكي لا ترغم على الزواج منه.

كان للأميرة كلمة مطاعة وقراراتها لا نقاش فيها ولا عودة فيها، فكلامهم كالسيف لا يرجع إلى غمده إلا مخضبا بالدماء.

لم يستطع الحكماء مناقشة الأميرة ريكا، ولكن كان من الواجب تقديم الشاب إلى الأميرة لكي تراه هي بشكل جيد، ولكي يراها هو عن قرب.

لم تكن الأميرة واثقة من كلام الشاب الذي قاله للحكماء لذا هي أخضعته للاختبارات التي كانت صعبة جدا، حتى دون أن تراه، بل وربما في داخلها كانت تتمنى أن يكون كاذبا فيعاقب في كهف الماضي، ويتم سحنه في الماضي فلا يعود إلى الواقع أبدا.

كانت تظن أنه ربما يكون أحد الطامعين في ثروتها وثروات الجزيرة، فلفّق هذه الكذبة لكي يتمكن من الزواج بها، وبالتالي يضع يديه على ثروات الجزيرة فينهبها.

عندما تقدم الشاب آمر إلى الأميرة التي كانت معرضة عنه، وعندما التفتت حدث شيء غريب عجيب، لقد رأت الأميرة أمامها رجلا بمواصفات لطالما حلمت بها في فارس أحلامها من ناحية الشكل الخارجي والحب الذي يظهر في عينيه.

تفاجأت الأميرة بالحب الظاهر في عيون الشاب الراكع على ركبتيه أمامها، خاضع لملكها، وخاضع لقلبه الذي يحبها.

صدمت الأميرة ونزلت من عينيها دموع كأنها دموع ندم وحسرة، ندم لأنها وكأنها أحست بالصدق في عيني الشاب، وحسرة لأنها لا يمكنها التراجع في تلك القرارات التي اتخذتها بشأنه مهما حصل وخافت أن يحدث له مكروه.

شعرت الأميرة بالندم كثيرا، ولكنها كظمت حزنها ومسحت دموعها ولم تنطق ببنت شفة.

وبعد انتهاء الاحتفال وتفرق الناس، سلم الشاب على الأميرة وطلب الإذن بالانصراف.

لأنه وكما طلب منه سوف يستعد لخوض تلك الاختبارات غدا فجرا.

لقد كان شابا شجاعا ومقداما ولم يكن يظهر عليه الخوف لا من الاختبارات ولا من المجهول، فهو في الحقيقة لم يكن يعلم ما الذي قد يواجهه في رحلته من مصاعب.

لقد طُلب من الشاب آمر أن يصعد إلى جبل الكافور، وأن يقيم به سبعة ليالي بدون أن يأخذ معه أية مئونة، وعندما يتمكن من النجاة بعد قضائه تلك الفترة.

عليه التوجه إلى نهر المغفرة لكي يغتسل به وأن يتجرد من ثيابه إلا ما يستر عورته، ثم يتوجه حافي القدمين إلى كهوف الجزيرة، حيث عليه دخول كهف الماضي ليقيم به ثلاثة أسابيع يسافر فيها من الحاضر إلى الماضي وربما يزور والدته في الماضي ليكتشف سر التشابه بينها وبين الأميرة إن كان كلامه صحيحا.

وسوف يعود بعد ثلاثة أسابيع من الماضي البعيد إلى الحاضر القريب، حيث سوف يفرج عنه عند التأكد من صدق كلامه، وصدق قلبه وصدق مشاعره تجاه الأميرة ريكا.

كانت الاختبارات صعبة جدا، وإمكانية الموت فيها كبيرة لذا كان نادرا ما يوافق أحد على خوض هذه الاختبارات، وكان يتم معاقبة من يرفض الخضوع لها أيضا.

لم يتردد الشاب آمر بتاتا في خوض كل تلك المغامرات والخضوع لكل تلك الاختبارات، لأنه كان صادقا وكان يؤمن بالحب الذي شعر به اتجاه الأميرة ريكا، التي ملكت قلبه وكل كيانه التي سلبته الراحة.

لقد كان حبا صادقا وقد ملأ قلبه وملأت هي عينيه، ولم يكن ليتخلى عنها ولو ألقى بنفسه في المهالك فهي تستحق المجازفة وربما قد ينجح في تلك المهمة فلما لا، فالمهمة لا تتطلب إلا الشجاعة وقلبا صلبا والإقدام

وعدم الاستسلام، وهو يمتلك المواصفات التي تأهله للفوز فلما لا.

كما أنه كان مصرا على تجاوز كل المخاطر لكي يحظى بالأميرة وبقلبها، ولكي يعيش معها كل حياته.

لقد أصبحت الأميرة حلما بالنسبة له حلم جميل لا يريد الاستيقاظ منه، بل يريده أن يصبح واقعا وحقيقة يراها أمام عينيه.

كانت الأميرة قد شعرت بالحب تجاه الشاب آمر الذي كان يمثل كلما حلمت به في فارس أحلامها، وما زادها يقينا بأنه هو الشاب الذي انتظرته كل حياتها هو أن الحكماء اخبروها بأنه قد جاء من الشمال حيث تم اكتشاف أرض جديدة هناك، وهو من سكانها أرض لم يكن يعلم بوجودها أحد.

عرفت الأميرة آمر بأن الشاب آمر هو حبيبها المنتظر وزوجها المستقبلي وكونه قال بأنها تشبه والدته، فهذا يعني بأن زواجها به مبارك من السماء، وهو نعمة من النعم الربانية، زواج تم تدبيره في جنة الخلد، زواج يدوم إلى الأبد والحب الذي يحمله هذا الزواج هو حب خالد.

كان على الأميرة أن تودع الشاب قبل مغادره لكي تتمنى له حظا سعيدا، وأيضا لكي تعطيه أملا في أنها موافقة عليه لكي يتشجع وتصبح عزيمته أقوى.

.

في الصباح الباكر أيقظت الجواري الأميرة لكي ترى الشاب قبل مغادرته إلى المجهول فربما لن يتمكن من العودة، لو كانت الأميرة قد رأت الشاب قد أن تطلب خضوعه لتلك الاختبارات القاسية.

وسمعت ما لديه مباشرة ربما كانت تشاورت مع الحكماء لكي يتم امتحانه بشكل آخر، أقل خطرا عليه، ولو أخبرت الحكماء بميلها ولو قليلا له ربما تصرف الحكماء بحكمة للتأكد من صدق كلامه.

ودعت الأميرة ريكا الشاب آمر الذي لم تكن تتوقع قدومه إلى جزيرتها رغم أنها كانت تنتظرها كل أيام

حياتها، ودعته بعيون دامعة وأمل باللقاء ثانية، كانت كلها أمل بأن ينجح في كل الاختبارات التي كان سيخضع لها والعودة إليها سالما، رغم أن قلبها كان ينبئها بأنه صادق وسوف يعود.

لقد كان للأميرة حدس جيد وإحساس قوي، إذ يمكنها الشعور بحدوث الأمور الايجابية كما يمكنها الشعور بالأمور السيئة قبل وقوعها.

تكلمت الأميرة بضع كلمات مع الشاب آمر ثم تمنت له الحظ الموفق، وأعطته حجابا للحماية، لقد كان خيطا مربوطا على شيء مثل الجوزة، وربطته له على ذراعه، ثم أخفت دموعها وانصرفت سريعا.

كان على الأميرة أن تتحمل كل تلك الأحزان وتأنيب الضمير لمدة شهر كامل حتى يكمل الشاب كل الاختبارات ويرجع، لقد كان لديها يقين وإيمان بأنه سوف يعود وأنه هو فارس أحلامها.

قررت الأميرة اعتزال الناس والاختلاء بنفسها كل الفترة التي سوف يغيبها الشاب آمر، لقد أخبرت الجميع بأنها لن تحضر أية اجتماعات، ولن تخرج من خيمتها، ولن تجلس على كرسي العرش حتى يتحقق الأمر الذي تريده وتفكر به.

كانت الأميرة ريكا تفكر في أنه في حال عودة الشاب آمر سوف يختبره الحكماء بعض الاختبارات الضرورية، لكي يوافقوا على الزواج، وبعد ذلك سوف تعلن هي عن رأيها بالقبول، وبعد ذلك سوف يتم الإعلان عن حفل الزفاف.

أرادت الأميرة أن تختلي بنفسها لكي تفكر في كلما يحدث، أرادت أن تجعل ذهنها يصبح أصفى، لتتأمل وتتوجه إلى العبادات بالصلاة والدعاء من أجل سلامة حبيبها.

لقد كان لديها قلب نقي وكانوا يقولون بأن صلاتها مقبولة، وطالما أن دعائها لا يتضمن الأذية لأي

مخلوق على وجه الكرة الأرضية، فان دعواتها سوف تستجاب كلما كان يقينها قويا أثناء الصلاة.

لم يكن أحد سوف يعلم ما قد يحدث مع الشاب آمر إلا بعض الحكماء الذين لا يشاركون معلوماتهم مع أحد.

كما أن الشاب في حالة تجاوزه لك الاختبارات، بنجاح لن يتذكر كلما يكون قد مر به إلا القليل من المعلومات التي سوف تسمح له الكهوف بتذكرها.

أما بالنسبة لوالده فقد دخل في غيبوبة ولكن المعالجين كانوا ساهرين على رعايته، ويحاولن جعله يتحسن أو على الأقل أن يحافظ على المستوى الذي هو فيه، فقد كانت حالته مستقرة.

بعد مرور الأسبوع الأول وبداية الأسابيع الثلاثة التي سيقضيها الشاب آمر في الكهوف، وقد كان يلاحظه

بعض المحاربين الذي لحقوا به في الخفاء لكي يسهروا على حمايته

كما أنهم كانوا يدرسون مدى قوته وذكائه في مواجهة الطبيعة القاسية، والوحوش في النهر، وتأكدوا بأنه قد اجتاز الامتحان الأول بنجاح، عندما كر على النهر وكان النهر هادئا خلال عودته.

كانت الأخبار تصل أولا بأول إلى الحكماء، والذين كانوا يخبرون الأميرة بكل الجديد أيضا.

ارتاحت الأميرة كثيرا عند سماعها بأن حبيبها قد كان صادقا واجتاز الاختبار الأول بنجاح، وهذا ما جعلها تواصل العزلة والعبادات، ولكن الخوف جعلها تعرض عن الطعام والشراب حتى ساءت حالتها مع مرور الأيام.

لم تستطع الأميرة أن تتظاهر بأنها بحالة جيّدة وأن تتناول الطعام والشراب كما في الأيام العادية، نصحها الحكماء وطلب من الأطباء المحافظة على صحتها،

ولكنها لم تكن تستطيع فعل ذلك وهي تعلم جيدا مدى خطورة الكهوف، التي فقد الكثيرون فيها على مر السنوات حتى امتنع الناس عن زيارتها، إلا من لا يخاف على نفسه شجاعا كان أو بدافع الغباء.

وهكذا وبعد مرور أسبوعين آخرين بالكامل والأميرة ريكا، لا تتناول الطعام وقد خارت قواها وأصبحت طريحة الفراش، لا تتغذى إلا على بعض العلاجات التي كان يسقيها لها الأطباء، وفجأة استفاق والد الشاب آمر من غيبوبته وكان بصحة جيدة.

تعرف والد آمر على المكان الذي وجد نفسه فيه، وسمع من الحكماء مع حدث مع ابنه، أخبرهم بأن ابنه هو رجل صادق ولم يتعود الكذب ولا اللف والدوران، وأنه رجل صالح، ثم طلب رؤية الأميرة التي علم بأنها تلازم فراشها.

لم تكن الأميرة ترد على أحد ولا تكلم أحدا إلا أنها كانت تسمع وتفهم كلما يدور حولها، ولكنها كانت في حالة من الفشل والخمول وكان جسدها لم يتحمل الحزن والجوع.

عندما دخل الرجل على الأميرة ذهل لرؤيتها وأقسم لهم بأنها نسخة طبق الأصل عن زوجته الراحلة، الفرق الوحيد بينهما هو لون البشرة.

خرج الرجل من الغرفة وأخبرهم بأنه تذكر بأن زوجته كانت دائما تراودها أحلام غريبة، وقد كانت ترى نفسها تعيش في غابة وأحيانا على جزيرة.

كما أن زوجته كانت تتقن لغة غير مفهومة، ولكنها كانت تخفي الأمر لأنه يجعلها تشعر بالإحراج وتتعرض أحيانا للسخرية.

كما أخبرهم حقيقة أخرى لم يكن يعلمها أحد حتى زوجته الراحلة قد كانت تجهلها حتى وفاتها، أخبرهم بأن والدا زوجته قد أخبراه بأن زوجته ليست ابنتهم بل

عثر عليها والد زوجته، الذي كان صيادا على أحد الشواطئ ذات يوم.

وقد كانت طفلة رضيعة جميلة فتعلقت بها زوجته التي كانت تجهض جنين حتى يئست من الحمل والإنجاب وطلبت منه أن يعطيها لها لكي تعتني بها، وسوف تسلمها لأهلها في جال ظهورهم ولكن أحدا لم يظهر باحثا عن الرضيعة ولم يسمعوا أي خبر عن ضياع طفل في مدينتهم لمدة سنوات طويلة.

لم يخبر الزوجان طفلتهم بحقيقة أنها ليست ابنتهم لكي لا تشعر بالضيق والحزن، وعاملاها على أنها طفلتهما وربياها بكثير من الحب والحنان حتى وفاتهما بعد زواجها.

لم يستطع الحكماء ربط هذه القصة مع أي شيء حدث لهم ولو بالتقريب، وبقي الأمر سرا والمعلومة مبهمة لم تزد إلا من حيرة الجميع.

ولكن الحكماء وبعد رؤية رد فعل الرجل عندما رأى الأميرة والكلام المتطابق مع ابنه الذي قاله عن زوجته الراحلة، جعلهم يصدقون كلام الشاب الصادق الذي تفوق في امتحان الصدق الذي اجتازه في جبل أوكالبتوس جبل الصدق والصادقين.

اقترح والد آمر بعد أن رأى الحالة التي فيها الأميرة ريكا، فاستنتج أنها واقعة في حب ابنه، عرف من

حالتها المرضية بأنها تبادل ابنه الشجاع الذي قرر من أجلها خوض المجهول هي أيضا تحبه لذا طلب من الحكماء السماح له بأن يكلمها لكي يشرح لها الحقيقة، ويكلمها عن ابنه فربما تشعر بتحسن وربما يستطيع إقناعها بتناول بعض الطعام.

وبالفعل كلم والد آمر الأميرة ريكا التي شعرت بتحسن بعد أن داوم على الجلوس بجانبها واستمر في الكلام عن ابنه ونبل أخلاقه وكلمها عن حقيقة التشابه بينها وبين زوجته، فتحسنت حالتها وقامت قليلا من فراشها وناولت بعض المشروبات والعصائر التي سقاها لها والد آمر بنفسه.

بالتدريج عادت الأميرة إلى طبيعتها، وكانت تنتظر فارسها بشوق ولهفة ويشاركها والده ذلك الانتظار وذلك الشوق.

لقد خضع الشاب آمر لمواجهة وحوش لم يرها من قبل، كما واجه مخاوفه والماضي القريب والبعيد، فقد غاص في أعماق ذاته، حتى وصل إلى ماضي والدته هي الأخرى لأن الأمر يخصها هي أيضا.

وبعد انتهاء الفترة المعلن عنها جهز أهل القرية بطلب من الأميرة والحكماء كل الجزيرة للاحتفال بعودة الشاب آمر، فقد كان توقع الأميرة ريكا أنه سوف يعود.

قام الجميع بتجهيز الجزيرة وكلما يلزم للاحتفال، لكن رغم غروب الشمس لم يظهر آمر بعد وهذا ما جعل

الجميع يقلق، طلبت الأميرة من المحاربين البحث عنه ولكن قوانين الأسطورة تمنع ذلك، فأخبرها الحكماء بأنه بقي أمامه ثلاث ليالي هي الوقت الإضافي وان لم يعد سوف يعتبر خاسرا وربما لن يعود أبدا.

بالرغم من أن الأميرة ريكا كانت هي الحاكمة للجزيرة إلا أنها كانت فتاة مطيعة، تعلمت منذ أن كانت صغيرة بأن الحكم لا يجب أخذه بالقوة بل بالمشورة والأخذ بنصائح الحكماء لإصدار القرارات.

دخلت الأميرة إلى خيمتها وهي تخفي دموعها، لقد اخفت حزنها ودموعها عن الجميع، وترق الجميع، ودخل الجميع إلى خيامهم، فعصفت الدنيا وهاج البحر، وانقلب الجو فجأة.

لقد كان الجو يتقلب مع تقلب مزاج الأميرة، فكلما كانت سعيدة أشرقت الشمس وأصبح الجو صافيا وكلما باغتها الحزن وتمكن من قلبها الصغير عصف اجو وتلبدت السحب السوداء في السماء، وكلما بكيت ونزلت دموعها انعصرت السحب ونزلت الأمطار

على الأرض كما تنزل دموعها الطاهرة على خديها البريئين.

وبعد أن خلد الجميع للنوم ارتدت الأميرة ريكا بعض الثياب أقرب لثياب الحراس أو المحاربين من أجل التخفي، وخرجت من غرفتها دون أن يلاحظ خروجها أحد.

ذهبت الأميرة باتجاه كهوف الجزيرة بحثا عن حبيبها، وقد كانت تعلم جيدا أن يتمركز المحاربون وما يفعلونه في الجو الماطر وخلال هبوب الرياح والعواصف.

كانت الريح شديدة جدا، والأميرة كانت رقيقة لا تستطيع الصمود لوحدها في جو مثل هذا، ولكنها كانت

مصرة على البحث عن حبيبها وكانت تريد العثور عليه مهما كلفها الأمر.

سارت كثيرا وكانت تلجأ للجري أحيانا من أجل الاختباء، وأيضا لأنها كانت تتسابق الليل وتريد الوصول إلى الكهوف والعثور على حبيبها قبل أن يكتمل الليل، وقبل أن يكتشف أحد اختفاءها.

كانت الأميرة رغم كل شي شجاعة، شجاعة رغم كونها أميرة قضت كل حياتها تحت الحراسة المشددة، ولكن كان لديها قلب قوي.

قطعت الأميرة مسافة طويلة وكانت الطريق وعرة، فأصيبت ببعض الجراح خاصة على رجليها وذراعيها وقد كان البرق يضيء لها المكان ويرشدها إلى الطريق الصحيح.

كانت الأميرة تتبع قلبها وتعتمد على حدسها وعندما شارفت على الوصول إلى الكهوف، شعرت وكأن أحدا كان موجودا هناك وكأن أحدا يرافقها، لم يكن أحد في

الحقيقة بل كانت أرواح أجدادها تحرسها وتحميها فقمن المعروف في الجزيرة بأنه إن سارت فتاة عذراء في الليل في الغابة لوحدها، فالآن الأرواح ترافقها للحماية.

عندما وصلت تفاجأت بالشاب ملقى على الأرض،
أمام بوابة الكهوف لقد اجتاز الامتحان الثاني بنجاح
فالقي به أمام البوابة ولكنه كان ضعيف الجسد نحيل
البنية، يبدو أن رحلته إلى الماضي قد استهلكت كل
طاقاته، لذا لم يستطع المغادرة، ولم يقدر على الوقوف
على رجليه.

سقطت الأميرة ريكا فوق حبيبها توقظه، ولكنه لم يكن
يتحرك، تأكدت من أن قلبه نابض بالحياة، وأنه حي
ولكنه لم يستيقظ لها.

قامت الأميرة بجر الشاب الذي كان ثقيلا بالنسبة لها، وخبأته عن الأمطار الغزيرة التي تتساقط.

لقد كان للأميرة مهارة أخرى لقد كانت تعرف بعض الأعشاب التي تقوي الجسد فبحثت عن بعضها، وقامت بعصرها وأضافت لها بعض مياه الأمطار وسقتها له.

أحضرت الأميرة ريكا بعض أوراق أشجار الموز التي اقتلعتها العاصفة من أشجارها، وقامت بتغطية حبيبها آمر بها وحاولت أن تضمه لكي يكتسب بعض الحرارة من جسدها، فغطت في نوم عميق.

استيقظت الأميرة ريكا على صوت الحراس الذين كانوا يبحثون عنها، فوجدوها هي وحبيبها بالقرب من الكهوف.

حملوهما إلى الجانب الأخر الجزيرة حيث تعيش الأميرة وباقي السكان.

فكان استقبال الناس لهم حارا، كانت استقبالا بالهتاف والاحتفالات التي تناسب الأميرة ريكا وزوجها وحبيبها

آمر الشاب القوي، الذي خرج حيا من كهوف الجزيرة التي لم يتغلب عليها أحد منذ عصور.

استيقظ الشاب الذي كان متعبا كثيرا وارتدى أجمل الثياب والحلي فأصبح شكله كأنه أحد السكان الأصليين للجزيرة، لقد كانت ثياب زفاف خاصة بالعرسان، أعطاه الحكماء إياها هدية له.

سُرَّ آمر برؤية والده على قيد الحياة سليما معافى، كان آمر يتكئ على عصى لأنه لم يكن يستطيع حمل جسده بعد.

أقيمت الاحتفالات بمناسبة زفاف الأميرة ريكا وحبيبها الشاب النبيل الفارس الشهم آمر القادم من الشمال.

وافق الحكماء على الزواج وباركوا هذه العلاقة التي كانت من تدبير القدر ، ولكن بقي أمامه بعض الاختبارات التي كان عليه الخضوع لها، لكي يبرهن بأنه يصلح لتحمل المسئولية، وقد جاء دوره لكي يوافق هو الآخر على شروط الحكماء والجزيرة.

فقد كان للجزيرة شروط تفرضها على حاكما وزوج الملكة والحاكمة لهذه الجزيرة، من الشروط أن يوافق على البقاء هنا في الجزيرة لكي يعيش مع حبيبته ولكنة قلبه.

عليه أن يبادل السكان الحب والتقدير والاحترام، وأن يبرهن على ذلك.

عليه أن يقسم على احترام الجزيرة وقوانينها وأهلها مهما حدث.

لا يجب أن يغادر الجزيرة ولو ليوم واحد.

عندما يموت سوف يدفن في الجزيرة مثله مثل كل الحكام السابقين.

سوف تكون له كلمة عُلْيَا، ولكنها لا تعلو فوق كلمة الأميرة لأنها من دماء القدماء.

لم يكن للشاب آمر أي اعتراض عن كل تلك الشروط، وكان مستعدا لفعل كلما سيطلب منه للفوز بالأميرة.

وبينما هي الجزيرة في احتفالات وكثير من الرقص والغناء حتى رأى المسئولون عن الشاطئ سفينتين قادمتين باتجاه الجزيرة، لقد كانتا السفينتين التين أحضرتا آمر ووالده فاستقبله الجميع بترحاب.

لقد مرت السفينتين من هناك لأجل اصطحاب آمر ووالده ولكن آمر بالطبع قد اعترض عن فكرة السفر، وقرر الموافقة على العيش على الجزيرة، بجانب حبيبته وزوجته الأميرة ريكا.

شارك أصدقاء آمر من طاقم السفينتين بالاحتفالات وباركوا زواج صديقهم بالأميرة ريكا، وقد أصبح ملكا

فقدموا له طقوس الاحترام والتقدير في اليوم الموالي وغادروا الجزيرة باتجاه الشمال، فيما بقي والده للعيش بجانب ابنه الوحيد وقضى كل حياته هناك، وقد اعتبره أهل الجزيرة كواحد منهم.

سعد الجميع بنجاح آمر وتفوقه في كل مباراة أو سؤال، لم يكن هناك ما يقف أمامه وأمام حبه، بل كان مقبلا على الحياة قويا وشجاعا وقادر على فعل أي شيء في سبيل حبه، ولو كان المستحيل فإنه يتحداه بكل قوة وشجاعة.

وبعد انقضاء ذلك الأسبوع الذي كان من حق الحكماء لامتحان قدرة آمر على الصبر والتحمل، ومحاولة التأقلم مع الجزيرة وسكانها والعيش فيها، تم عقد قرانه على محبوبته الأميرة ريكا وسط بهجة وسرور.

كانت سعادة الأميرة ريكا تضاهي سعادة الشاب آمر، والحكماء فرحون وأهل القرية فرحون بملكهم الجديد والذي طال انتظارهم له رغم كل الظروف فقد جاء وكما قالت الأميرة ريكا سوف يأتي مليكي وحبيبي وزوجي يوما من الشمال.

رجل بكل المواصفات التي كانت تحلم بها، رجل ليس من الجزيرة ولكنه أصبح ملكا عليها، إنه آمر حبيب ريكا.

أنجبت الأميرة بعد سنة من الزواج السعيد فتاة، وقد كان من قسمتهم أن تنجب كل عائلة مالكة فتاة وحيدة فترافقها تلك اللعنة بموتها إن كسر قلبها، وكان لابد لها أن تتزوج شابا هي تحلم به دون غصب أو إكراه.

كانت الملكة ريكا والملك آمر سعيدين بقدوم
ابنتهما الصغيرة ثمرة حبهما ونتيجة صبرهما وجزاء
تحملهما الصعاب، وقد نصب لهما تمثالين يمثلانهما
ويدعوان بتمثال الحب

سمي هذا التمثال الذي كان لامرأة تجلس على كرسي
وعلى رجليها ابنتها الصغيرة وزوجها يقف بجانبها،
تمثال الحب آمر وريكا الملك والملكة وثمرة حبهما.

كما أن آمر أطلق على ابنته اسم ريكا تيمنا بزوجته
وتعبيرا على حبه لها ولكن الملكة ريكا كانت لها كلمة

أعلى من كلمة زوجها الملك آمر، فقامت بإضافة اسمه إلى اسم ابنتها فأصبح اسم ابنتهما الأميرة أمر ريكا، إلى أصبحت تنادى أمريكا.

وهو نفس الاسم الذي كان يطلق على تمثال حب الملك القادم من الشمال وزوجته ملكة الجزيرة الجميلة،

وفيما بعد وبعد سنوات من الزمن تم نقل ذلك التمثال بأمر من الأميرة أمر ريكا، وتخليدا لذكرى والديها نقلته إلى داخل الكهوف لحمايته من التشويه بفعل البشر أو حتى بفعل الظروف الطبيعية.

ومازال ذلك التمثال المليء بالحب والصبر، والمنحوت بشكل متقن حتى أن الملكة والملك قد ساعد في نحته أو بالأحرى وضعا أيديها عليه أثناء نحته لمباركته ولمده بشيء من قوى الحب التي انبعثت من خلال وضع يديها عليه .

التمثال مرصع بالأحجار الكريمة، وله قاعدة عريضة من الذهب وهو ثقيل جدا، عيون الملكة والملكة من

حجر البلور المبارك إذ يمكنك ببساطة رؤية الصفاء والنقاء في العيون، ورؤية الحب أيضا، بمكن لتلك العيون البلورية أن تسافر بك إلى الماضي، فتشعر بكم الحب بين الملك آمر والملكة ريكا.

والحب الذي تحمله الطفلة الصغيرة أيضا.